LA
CAUSE DU PEUPLE.

POÉSIES POLITIQUES

PUBLIÉES

EN 1837, 1838, 1839, 1840 ET 1843, ET POUVANT SERVIR DE PROLOGUE

AU TRIOMPHE DE LA RÉPUBLIQUE,

PAR JULES BAGET,

(DE CHEVREUSE).

—

Nouvelle Édition.

—

PARIS,

CHEZ TOUS LES LIBRAIRES MARCHANDS DE NOUVEAUTÉS.

—

1848

Versailles. — Imprimerie de MONTALANT-BOUGLEUX, avenue de Sceaux, 4.

1848.

EN relisant les *Poésies politiques* que j'ai publiées il
y a plusieurs années, un de mes amis a été frappé des
vérités en quelque sorte prophétiques qui se trouvent
presque à chaque page dans ce volume de vers. Une édition nouvelle de ce Recueil offre donc un attrait de cir-
constance, indépendamment de l'attrait plus sérieux et
plus élevé, qui s'attache aux sentiments et aux idées
d'un bon citoyen.

Voici quelques citations qui ne manquent ni d'intérêt
ni d'à-propos.

En 1837, je disais en parlant de la France :

> Son travail a duré plus de quarante années,
> Mais son réveil promet de sublimes journées,
> Et plus ces temps obscurs sur elle pèseront,
> Plus l'éclat du réveil brillera sur son front.

En 1838, je traitais à fond la question de la *Réforme*,
et je terminais par ces vers :

> Courage, citoyens ! secouons l'agonie
> Qu'entretient parmi nous un perfide génie.
> Mais pour anéantir la race des serpents
> Qui, gorgés de notre or, vivent à nos dépens,
> Il faut qu'en nos cités la voix de la justice
> En face du pouvoir sans crainte retentisse ;
> Il faut que dans la Chambre, en éternel tocsin,
> Ce formidable écho se transforme à dessein ;

Que ces longues clameurs, comme un bruit de tonnerre,
Annoncent la *Réforme* aux puissants de la terre. . . . . .

. . . .

En un mot, que chacun se pose en combattant,
Pour que *tout citoyen ait son représentant.*
Ce droit de tous nos maux est l'unique remède :
Qu'il soit entre nos mains le levier d'Archimède.

En 1839, à la date providentielle du 24 FÉVRIER,
j'écrivais dans le *Journal du Peuple* :

Si pourtant vous osiez, dans votre folle ivresse,
Nous présenter le joug, et par un choc brutal
Briser vos propres lois, homicide arsenal,
Alors malheur à vous ! Jamais vent de colère
N'aurait lancé plus haut la vague populaire. . . . . . .

. . . .

Le sort serait pour nous, et, *fatigué des cours,*
Le ciel pour nous venger *nous garderait* TROIS JOURS.

En 1840, dans une satire intitulée : *Dix ans de Règne,*
je ne voyais de fin possible à nos maux que dans la
Réforme, et je m'écriais :

Réforme donc, Réforme et prompte et radicale.
Réforme ! oui, que ce cri, du pouvoir redouté,
Éclate, retentisse, en tous lieux répété,
Qu'il soit *un cri de guerre, un cri de délivrance.*

Enfin en 1843, à la date du 24 FÉVRIER, je disais, en
insistant sur la Réforme et en parlant du ministère
Guizot :

Qu'attendez-vous, Français, impassibles ilotes,
Livrés à la merci d'imprudents matelots,

Pour arracher aux mains de perfides pilotes,

Le vaisseau de l'État égaré sur les flots ?

. . . .

Flotterez-vous sans cesse au vent de leurs doctrines

Dont le venin corrompt les hommes de nos jours ?

Quand il suffit d'un cri sorti de vos poitrines

Pour les renverser tous, — vous tairez-vous toujours ?

Il est inutile de multiplier les citations de ce genre. La sagacité du lecteur suppléera sans peine à notre silence.

Ajouterai-je maintenant que j'adhère de cœur et de conviction au Gouvernement nouveau ?

Depuis 1830, je suis démocrate ; depuis 1830, je n'ai pas écrit une ligne qui n'ait eu pour but le triomphe du Peuple ; et renier sa cause aujourd'hui, ce serait pour ainsi dire me renier moi-même.

Dieu soit loué ! le génie de la France a vaincu. La République est proclamée.

Liberté, Égalité, Fraternité, telle est à présent notre devise. Elle était celle de nos pères.

Saluons avec amour ces institutions républicaines, qui seront la consécration de tous les droits, la sauve-garde de tous les intérêts.

Le règne de la justice commence ; celui des priviléges est passé.

Désormais les seuls titres aux places, aux emplois, à l'estime de tous, seront la capacité, la probité, la moralité.

Nous aurons ainsi l'ordre véritable fondé sur la véritable justice.

La Révolution de Février a été grande, pure, magnanime. Pas un cri de vengeance, pas un cri de mort après la victoire!

Elle a balayé d'un souffle les hommes qui travaillaient à nous corrompre, et replacé d'un seul coup notre beau pays à la tête des nations.

Il nous reste à consolider notre conquête. Pour cette grande œuvre, notre premier devoir est de seconder les efforts des citoyens éminents qui composent le Gouvernement provisoire. Ils ont pour eux les lumières, le patriotisme, le courage. Ils ne manqueront pas à la France, et la France ne leur manquera pas. A l'avenir, notre gouvernement sera le gouvernement du peuple par les élus du peuple, et la loi, l'expression sincère de la volonté générale. Les électeurs vont être incessamment appelés à nommer leurs représentants pour l'*Assemblée nationale*. Heureux les hommes qui seront choisis par leurs concitoyens pour fonder à jamais sur des bases inébranlables l'édifice politique et social de la France libre et républicaine!

ESPOIR!

Le peuple souffre un siècle, et se venge en un jour!

—◦◦◉◦◦—

1837.

CHAQUE siècle ici-bas a sa tâche à remplir ;
Mais les progrès humains sont lents à s'accomplir.
Nous ressemblons au ver qui nous donne la soie ;
Mille fois son fil d'or parcourt la même voie,
Mais degrés par degrés son travail se polit,
Se façonne avec art, en cercle s'arrondit,
Jusqu'à l'instant magique, où, languissant insecte,
Il ferme la prison dont il fut l'architecte.
La France, comme lui faible, sommeille encor,
Car elle s'est lassée à tramer son fil d'or.
Ce travail a duré plus de quarante années ;
Mais son réveil promet de sublimes journées,
Et plus ces temps obscurs sur elle pèseront,
Plus l'éclat du réveil brillera sur son front.
Courage! — S'il est vrai, qu'inactive et timide,
Elle dorme aujourd'hui, rêveuse chrysalide,
Ne peut-elle demain, renaissant du tombeau
S'élancer tout à coup vers un monde nouveau,
Égaler son essor à l'immense domaine,
Qu'agrandit chaque jour l'intelligence humaine,
Et prenant au passé quelque grand souvenir,
Transformer le présent, et fonder l'avenir?.....

———

LA RÉFORME.

1838.

> Tous les citoyens doivent avoir le droit
> de donner leur voix pour choisir le repré-
> sentant, excepté ceux qui sont dans un tel
> état de bassesse, qu'ils sont réputés n'avoir
> point de volonté propre.
>
> MONTESQUIEU.

> Des actes, des actes, et encore des actes,
> ou vous croupirez éternellement dans votre
> misère.
>
> LAMENNAIS.

FRANCE, le temps n'est plus où de sombres beffrois
Éternisaient la peur sur l'oreiller des rois;
Où partout dans Paris, sur la place publique,
On entendait gronder la jeune république,
Et demander pour tous, au nom de l'équité,
L'égalité des droits avec la liberté.
Oui, ces jours sont passés : le peuple dans l'attente,
Comme le fier Achille, est rentré sous sa tente;
Partout dans nos cités le calme reparaît.
Et, bien que le volcan se repose à regret,
Nos soldats de réserve, immobile recrue,
Les pavés de juillet, sommeillent dans la rue !
Osons donc, quand chacun veille dans son repos,
Osons de la Réforme arborer les drapeaux,
Et, bravant un pouvoir dont l'aveugle colère
Médite plus de mal que son bras n'en peut faire,
Pour vaincre un ennemi servile et corrupteur,
Réclamons pour chacun le *droit d'être électeur;*
Ce droit, que le Château poursuit de tant de haine,
Brisera d'un seul coup le bras qui nous enchaîne.

Déjà la presse libre, impartial jury,
A cloué le pouvoir à son grand pilori;
Et je veux à mon tour, suivant sa noble trace,
De ministres sans frein stigmatiser l'audace,
Et, gravant leur arrêt sur un large écriteau,
Les attacher moi-même à l'infamant poteau.
Aussi bien, n'a-t-il pas mérité son supplice,
Ce pouvoir, de nos maux l'auteur ou le complice?
Qu'a-t-il fait pour la France? et quels sont ses bienfaits?
Mon œil en les cherchant, ne voit que ses méfaits.
Partout du servilisme encourageant la honte,
Il peut dire à quel taux le déshonneur s'escompte;
Combien il faut d'argent aux coffres de l'État,
Pour convertir un homme au rôle d'apostat;
Comment, à la bassesse ajoutant l'avarice,
On s'amasse un trésor qui jamais ne tarisse;
Par quel heureux prestige on leurre un député
Qui s'érige en Brutus et veut l'égalité;
Comment on le désarme, et comment une place
Dans son réseau doré l'enchevêtre et l'enlace;
De quel masque couvrant quelque honteux moyen,
On gagne un électeur, candide citoyen,
Et comment cette voix, dans l'urne aléatoire,
Donne au Juste-Milieu son infâme victoire.

Hé bien! ce n'est pas tout : corrupteur au dedans,
Il est vil au dehors, et partout ses agents,
Entraînés dans l'égout de ses ignominies,
Exhalent une odeur digne des gémonies.
Brave en face du faible et lâche avec le fort,
Il flatte bassement l'autocrate du Nord.
Que lui fait la Pologne? Il laisse Varsovie
Agiter son cadavre où s'épuise la vie,
Et demander qu'un jour ses enfants au berceau
Puissent en Polonais prier sur son tombeau!

Veut-il du moins, sortant d'un sommeil léthargique,
Appuyer de son bras nos frères de Belgique,
Allumer ses canons pour soutenir leurs droits,
Et foudroyer enfin l'insolence des rois?
Non; et comme en repos il se promet de vivre,
Il dit à ses voisins : « Qu'un autre vous délivre! »
Voyez encor l'Espagne : il sait qu'elle se bat
Comme un gladiateur épuisé du combat,
Languissante, sans chefs contre la tyrannie,
Et dans son propre sang noyant son agonie :
Eh bien ! qu'elle périsse ; et si tel est son sort,
Peut-être il versera des larmes à sa mort!
Voilà l'humanité, telle qu'en politique
Le pouvoir aujourd'hui la comprend et l'applique.

Pour assombrir encor les couleurs du tableau,
Son glaive n'est jamais calme dans le fourreau;
Sa voix chaque matin, haineuse et menaçante,
Fait un vaste complot d'une trame innocente ;
Il flaire les procès, et tranchant du Sylla,
Il jette les proscrits à sa camarilla.
Il frappe *Némésis*, non pas cette profane
Qui s'est vendue à lui comme une courtisane,
Mais cette *Némésis* qui marche sabre nu
Sur le vice insolent, sur tout crime connu.
Pour lui, la vérité n'est jamais bonne à dire,
Et vanter la vertu, c'est toujours le maudire.
Il poursuit les recueils, les journaux; tout écrit,
Tout jusqu'aux œuvres d'art l'inquiète et l'aigrit ;
Et l'immense volcan qui jour et nuit fermente,
Agite son sommeil, l'obsède et le tourmente.
Dans ses transports fiévreux, son œil électrisé
Brûle de mille éclairs comme un prisme brisé ;
Il rugit, et voudrait, bourgeois ou prolétaire,
Broyer tout citoyen sous sa dent de panthère.

Aussi, jeune imprudent, n'allez pas à minuit,
Près du jardin royal, comme un sylphe qui fuit,
Contempler en rêvant l'amoureuse fenêtre,
Où l'ombre d'une femme à vos yeux doit paraître!
C'est l'heure où les démons qui veillent dans les cours
De leurs noirs attentats recommencent le cours,
Où leur sombre génie, auprès du gaz qui brille,
Un linceul à la main, erre de grille en grille,
Murmurant de longs mots que nous ne savions pas,
Et dont le sens obscur ordonne le trépas.
Ils sont fils de l'enfer, mais lorsqu'un homme tombe,
Ils dérobent aux yeux le cadavre et la tombe,
Et leur froide pitié pour un père indigent
Croit tarir tous ses pleurs avec un peu d'argent!
Diviser pour régner, et régner pour corrompre,
C'est la loi du pouvoir : cette arme, il faut la rompre.
Car j'en appelle à vous, citoyens de tout rang,
Pour qui jamais un droit ne fut indifférent,
Et qui vous indignez quand, trompant la patrie,
D'un pouvoir corrompu la voix vous injurie :
Fils de la liberté, faudra-t-il donc toujours
Tolérer mille maux, la lèpre de nos jours;
Adorer à genoux ces vénales idoles
Dont l'impudeur s'exhale en menteuses paroles;
Ces ministres de cour, impuissants matelots,
Qui vont à la dérive, errant au gré des flots;
Ces valets sans livrée et sans indépendance,
Vrais séides du trône et dans sa confidence,
Qui, secouant sur nous les plis de leur manteau,
Nous couvrent des abus qui germent au château?
Aussi voyez l'écueil où ces adroits pilotes
Ont échoué leur barque! Avec tous leurs ilotes,
Leurs journaux, leur police, et tout cet appareil
Qu'ils savent au besoin étaler au soleil;

Avec tous leurs limiers pour découvrir l'embûche,
A chaque instant leur pied dans le piége trébuche ;
Et leurs mille terreurs suffisent pour montrer
Que, sortis du néant, ils sont près d'y rentrer.

Citoyens, la Réforme est l'ardente oriflamme
Où chacun doit graver les saints droits qu'il réclame.
Cette noble bannière, amis, arborons-la :
Je vous l'ai déjà dit, notre salut est là.
C'est un devoir pour tous de conjurer la crise ;
C'est même un droit légal : la charte l'autorise.
La charte ! entendez-vous ? ce programme incomplet,
Dont on a mutilé jusqu'au dernier feuillet,
Et qui n'est plus, hélas ! qu'un absurde fétiche,
Paradant sur nos murs comme un lambeau d'affiche.
Et d'ailleurs la Raison, sur ses tables d'airain,
Proclame hautement le peuple *Souverain.*
Cette loi d'équité, ce dogme tutélaire
N'aura-t-il pas enfin son trône populaire,
Lui qui, toujours chassé du légitime rang,
Ne fut jamais admis qu'au baptême de sang ?
Frères, écoutez-moi : La voix du ministère
Croit vous avoir contraints pour jamais à vous taire,
Quand elle vous a dit : « Obscurs réformateurs,
Pour parler du pays, êtes-vous électeurs ?
Avez-vous *deux cents francs* à verser au Pactole
Dont l'or, de votre roi fait briller l'auréole !
Avez-vous des maisons, une ferme, un château,
Riant dans un vallon ou sur un frais coteau ?
Avez-vous seulement la tardive espérance
D'en posséder un seul sur le sol de la France ?
D'où vous vient cette audace, enfants déshérités,
Vil troupeau sans fortune et sans propriétés,
De réclamer des droits dont le juste héritage
Du riche et du puissant est l'exclusif partage ?

Vous avez beau compter vos trente millions,
Notre nombre suffit : avec nos bataillons,
Nous foulerons aux pieds votre *cohue*[1] armée,
Et tous vos grands projets s'en iront en fumée.
Vous pouvez tous parler ; mais c'est hors de saison,
Et vous êtes des fous avec votre raison. »
Ainsi vous le voyez : dans la moderne école,
Tout pour et par l'argent, voilà son protocole.
La loi nous dit égaux ; mais un bras redouté
Nous arrache au banquet de la communauté.
Moralité, savoir, travail, intelligence,
On enveloppe tout dans la même vengeance.
Artiste, prolétaire, écrivain ou marchand,
Tout citoyen français n'est rien que par l'argent.
Soyez un Raphaël ou bien un Démosthènes,
Un Lycurgue, un Solon de la nouvelle Athènes ;
Portez, pour éviter un insolent affront,
Le signe du génie écrit sur votre front ;
L'urne des électeurs proscrit votre sentence
Si de l'impôt foncier vous n'offrez la quittance,
Et vous, fils du soleil, que l'ignorant poursuit,
Votre éclat est souillé par les fils de la nuit.

On insiste et l'on dit : « Si le droit de suffrage
Appartient à l'argent, ce monopole est sage.
C'est lui qui du budget enrichit le tableau,
Et son droit se mesure au poids de son fardeau. »
— Eh bien ! soit, je consens que la part la plus large
Revienne à qui supporte une plus lourde charge.
Mais en pesant nos droits, la balance à la main,
Parcourons à grands pas cet aride chemin.

[1] C'est ainsi que le *Journal des Débats* appelle la garde nationale.
On sait que cette feuille prodiguait naguère aux ouvriers l'épithète de
barbares.

Nous sommes tous armés, comme garde civique,
Pour protéger les lois, la sûreté publique,
Et l'État peut un jour, dans un commun danger,
Mobiliser nos rangs pour vaincre l'étranger.
C'est un devoir égal pour tous, et salutaire ;
Mais léger pour le riche, il pèse au prolétaire.
L'un, sans nuire à l'éclat de ses riches lambris,
Où s'entasse le luxe à nos regards surpris,
Revêt, insoucieux de l'argent qu'il dépense,
L'habit national, conforme à l'ordonnance ;
Mais l'autre, l'ouvrier, que fait-il à son tour,
Lui, pauvre citoyen, qui vit au jour le jour ?
Pour imiter les grands dont il s'est fait l'émule,
Il épuise d'un coup son trop mince pécule.
Vous, riches, dont le temps s'écoule en vains plaisirs,
Une garde d'un jour repose vos désirs,
Ou trouble tout au plus un frivole caprice ;
Mais l'ouvrier, soldat de la grande milice,
Est frappé, plus que vous, dans tous ses intérêts ;
Et, quand vous exhalez de futiles regrets,
Lui, pour se conformer aux lois de la patrie,
Souffre dans son travail et dans son industrie,
Et sans biens, sans fortune, actif, intelligent,
Sa noble probité garde à jeun votre argent.

Voulez-vous avec moi suivre le parallèle ?
Chaque mot vous atteint d'une flèche nouvelle.
Payez-vous au pays ce noble impôt du sang,
Qui maintient un état dans sa force et son rang ?
Qui passe dans les camps ses plus belles années,
Et les voit s'écouler l'une à l'autre enchaînées,
Heureuses quelquefois quand, tarissant les pleurs,
La Gloire à pleines mains sème en riant des fleurs,
Mais tristes plus souvent, amères et sans charmes,
Loin du toit paternel où coulent bien des larmes.

Est-ce le pauvre ou vous? — Vous? non, car au scrutin
Quand le sort vous adresse un mauvais bulletin,
On vous vend à vil prix, pour calmer vos alarmes,
Un héros qui pour vous vive au milieu des armes;
Et vous, d'un air distrait, vous lui dites : « Ami,
« Ne t'avise jamais d'être brave à demi.
« J'étais né pour les camps, mais, dans ma fière audace,
« Je te lègue l'honneur de mourir à ma place. »
— Que fait l'homme du peuple? Il va sans murmurer.
Après ces longs adieux qui l'ont tant fait pleurer,
Rejoindre son drapeau, dont l'éclat tricolore
N'efface pas en lui ceux qu'il regrette encore :
Et s'il revient un jour, pauvre, dans le hameau
Où l'attend la chaumière abri de son berceau,
Il vous protége encor, vous, puissants de la terre,
Vous tous, pour qui son bras veillait à la frontière.
Son cœur ne change pas en changeant d'étendard :
Ses bienfaits sont partout, et ses droits nulle part.

Les *deux cents francs* enfin, riches, dont votre bourse
Vient aussi du budget alimenter la source,
Qui les paye en effet? — C'est nous, et toujours nous :
Ils quittent notre main pour couler jusqu'à vous,
Et le flot pur, versé par le propriétaire,
Est l'argent du fermier ou bien du locataire.
Car lui, riche, a pesé, dans sa froide sagesse,
En échangeant son or contre une autre richesse,
Ce que telle maison ou tel bien à son goût
Doit lui rapporter net, tenant compte de tout?
Ses revenus certains sont réglés à l'avance;
Il sait la quotité de chaque redevance,
Et que le ciel sourie ou pleure à l'horizon,
Son heureux messidor n'est jamais sans moisson.
Quant à cet autre impôt que le vieux dialecte
Du fisc et de l'octroi nomme charge *indirecte*,

C'est encor sur le pauvre, infortuné troupeau,
Que retombe sur-tout cet écrasant fardeau!
Et cet impôt si lourd, que la chambre tarife,
Est pour les ouvriers le rocher de Sisyphe.
Vous ne l'ignorez pas, vous qui faites la loi :
Mais le vrai pour vous plaire est de mauvais aloi.
Vous aimez mieux l'erreur, poétique mirage,
Qui fascine vos yeux sous un ciel sans orage ;
Verdoyante oasis, où vous cueillez des fleurs
Dont l'enivrant parfum assoupit les douleurs.
Vivez, vivez heureux !..... mais si l'homme qui souffre
Arrache de son corps la chemise de soufre,
Et s'il veut, à son tour, coller sur votre peau
De sa chlamyde ardente un douloureux lambeau,
Oh ! ne vous plaignez pas : nos Phalaris à gage
Ont assez torturé le peuple de notre âge.
Il est temps que leur front supporte aussi le faix
Des impôts que pour nous leur égoïsme a faits,
Et que le luxe enfin soit par la main du juste
Etendu tout vivant sur le lit de Procuste.....

Il est donc bien prouvé que dans le grand festin
Où chacun doit avoir une part du butin,
Le riche donnant peu, la loi trouve équitable
Que celui qui n'a pas de place à cette table
La couvre en cent façons, à l'heure du repas,
De mets, de vins exquis qu'il ne goûtera pas :
Pareil à l'épagneul (et moins heureux peut-être !)
Qui, chassant tout le jour au profit de son maître,
Oublieux de sa faim, respecte le gibier
Dans la plaine abattu par un plomb meurtrier,
Et qui n'a bien souvent, de retour sur sa paille,
Qu'un pain noir qu'il dévore à l'odeur d'une caille !
Voilà le sort du peuple ! Il peut en liberté
Défendre son pays, les lois, la royauté ;

Il peut aveuglément, lorsque tonne l'émeute,
Seconder du pouvoir la rugissante meute ;
Se liguer avec lui pour calmer le beffroi,
Dont les tintements sourds le jettent dans l'effroi,
Et, profanant aussi les souvenirs du Louvre,
Combler avec des morts le cratère qui s'ouvre !
Il le peut, il l'a fait : mais si l'air corrupteur
Émané de la cour lui soulève le cœur,
S'il veut la presse libre, un autre ministère,
Une chambre plus forte et moins impopulaire ;
S'il veut moins de rigueur pour ces purs citoyens,
Spartacus des Trois-Jours et nos derniers soutiens ;
S'il veut, marchant enfin dans sa suprématie,
Planter l'arbre fécond de la démocratie :
« *Barbares,* loin d'ici ! lui disent ces Judas
« Qui rampent dans l'égout du *Journal des Débats.*
« Loin d'ici ! le pouvoir estime le courage,
« Mais quand on le protége ; autrement, on l'outrage. »
Telle est la vérité, source de mille abus
Que ne flétrit jamais la voix des substituts !
O France de Juillet ! s'il te souvient encore
Des nobles vœux éclos dans cette triple aurore ;
De ce rêve divin, magique, radieux,
Qui consolait tes fils expirant sous tes yeux ;
De cet accord sublime en nos saintes colères
Qui nous confondait tous en un peuple de frères ;
De cette ivresse enfin, qui, si douce à nos pleurs,
Nous rendait l'avenir avec nos trois couleurs,
Un avenir puissant, irrésistible, immense,
Entraînant sur ses pas l'époque qui commence ;
Si tant de souvenirs réveillent ton orgueil,
C'est à toi de finir, de venger notre deuil !
Courage, citoyens ! secouons l'agonie
Qu'entretient parmi nous un perfide génie !

Mais, pour anéantir la race des serpents
Qui, gorgés de notre or, vivent à nos dépens,
Il faut qu'en nos cités la voix de la justice
En face du pouvoir sans crainte retentisse ;
Il faut que dans la chambre, en éternel tocsin,
Ce formidable écho se transforme à dessein ;
Que ces longues clameurs, comme un bruit de tonnerre,
Annoncent la Réforme aux puissants de la terre ;
Que le char du progrès, poussé par chaque main,
Reprenne son élan dans son vaste chemin ;
Que tout homme, affranchi de ses vieilles entraves,
Ne marche plus courbé sous le joug des esclaves ;
En un mot, que chacun se pose en combattant,
Pour que *tout citoyen ait son représentant.*
Ce droit de tous nos maux est l'unique remède :
Qu'il soit entre nos mains le levier d'Archimède !

LE MINISTÈRE DU QUINZE AVRIL

ET LES ÉLECTIONS.

— 24 Février 1839. —

JE voulais, déposant l'arme du Sagittaire,
Railler en me jouant ce pauvre ministère
Que nous avons tous vu, pâle et mourant flambeau,
Dans un pénible effort renaître du tombeau,
Et, subissant la loi d'un caprice bizarre,
Renouveler chez nous l'histoire de Lazare.
Mais je sens que mon cœur, échauffant mon cerveau,
Arme déjà mon bras d'un iambe nouveau ;

Tout mon sang allumé, précipitant sa course,
En longs torrents de fiel remonte vers sa source,
Et mon vers convulsif se tord comme un serpent
Aux seuls noms des Midas dont notre sort dépend.
Il se dresse, animé par un accès de rage,
Contre ces imposteurs dont la voix nous outrage,
Et voudrait enlacer, étouffer dans ses nœuds,
Tous ces Laocoons au langage haineux
Qui, marchant de sang-froid dans leur lâche cynisme,
Osent effrontément prêcher le despotisme.
Le despotisme! à nous qui savons que nos droits
Sont d'un acier plus dur que le glaive des rois,
Et que sur cet acier, conquête de nos pères,
Se briserait bientôt la dent de ces vipères!

N'importe! Après huit ans le pouvoir s'est fait vieux,
Et veut déraisonner ainsi que ses aïeux.
Il veut, triste héritier d'un antique vertige,
De ce bon droit divin réveiller le prestige,
Et ramener ces jours où les rois absolus
Goûtaient cet âge d'or qui ne reviendra plus.
Il veut... Mais à quoi bon dérouler la pensée
Qui traîne à sa remorque une cour insensée?
Ses actes chaque jour, en face du soleil,
Étalent ses projets en pompeux appareil.
Ils sont écrits partout, et le favoritisme,
Torche de propagande aux mains de l'égoïsme,
Les colporte à son tour de salons en salons,
Et pour les célébrer cherche des Apollons.
Ses projets!... Mais la cour n'est qu'un laboratoire
Où le démon du mal, au sein de son prétoire,
Brûle chaque matin au feu de ses fourneaux
Les drapeaux de juillet et nos libres journaux!
On dit même partout que cette noble cendre
Offerte aux citoyens rebelles à se vendre,

Par un art infernal, se change à volonté
En billets qu'on escompte à certain comité.
Aussi, pour couronner son œuvre de septembre,
Ce pouvoir orgueilleux a-t-il dissous la chambre.
C'est justice! Oubliant dans leur témérité
Qu'ils devaient par bon ton cacher la vérité,
Deux cent treize intrigants avaient osé lui dire
Qu'en France on s'accordait comme eux pour le maudire.

Maintenant, électeurs, il va vous consulter
Sur les vils sentiments qu'il aime à vous prêter.
A ses desseins honteux sa voix vous associe,
Et son or vous dira comment il remercie.
Or, souvenez-vous bien qu'en habile jongleur
Il sait tout exploiter, l'égoïsme ou la peur;
Que des places, des croix sa volonté dispose,
Seuls appuis sur lesquels sa puissance repose,
Et que, chasseur perfide, il a mille moyens
D'attirer à sa glu d'imprudents citoyens.
Plus le grand jour approche où l'urne électorale,
Qui couve dans ses flancs la lutte générale,
Ouvrira son cratère aux bulletins rivaux
Qui vont se disputer les candidats nouveaux,
Plus le pouvoir, fidèle à ses vieilles manœuvres,
Pour effrayer les sots, fait siffler ses couleuvres;
Plus il répand de fiel, et plus l'égout Bertin
Promet de flots impurs au malheureux scrutin.
Le front souillé de boue et ceint d'ignominie,
Le *quinze avril* rugit, attaque, calomnie,
Et traqué dans son antre il nous montre à grands cris
Le spectre de l'émeute envahissant Paris;
L'émeute! mannequin qui n'a rien de sinistre
Quand il marche conduit par la main d'un ministre.
Le télégraphe aussi, complice des pervers,
En signaux tortueux s'agite dans les airs,

A sonder les préfets tout le jour s'évertue,
Gourmande leur froideur ou bien les destitue.
Partout enfin l'intrigue au visage éhonté
Tend ses piéges connus à la crédulité ;
Partout, le fouet en main, vêtue en estafette,
Elle va du pouvoir conjurer la défaite,
Et de Lille à Toulon, de Strasbourg à Morlaix,
Ses commis-voyageurs épuisent les relais.

Et voilà ces héros que le château caresse,
Ces grands hommes d'état que le pays engraisse,
Ces ogres du budget dont les cupides mains
Enchevêtrent nos pas dans d'immondes chemins ;
Ces vampires de cour, vils fanfarons de gloire,
Qui naguère, certains d'une lâche victoire,
Allaient en bourdonnant redire à leurs amis
Qu'ils pouvaient tous compter sur les bienfaits promis !
Honte et pitié ! le cœur de dégoût se soulève
Auprès de ces lépreux que dépouille mon glaive !...
Cependant tout languit ; le commerce aux abois
Voit tous les coffres-forts se fermer à sa voix,
Et le crédit qui meurt ne laisse sur sa route
Que l'effroi de la honte et de la banqueroute.
On s'alarme, on s'émeut ; l'ouvrier sans travail
Peut à peine glaner quelque argent en détail,
Et dans ce froid repos, une morne tristesse
Appesantit son front comme aux jours de détresse.
On compare des temps l'instructif souvenir ;
On rougit du présent, on attend l'avenir.
De tous côtés enfin s'assemblent les nuages,
Et déjà dans leurs flancs grondent les noirs orages.

Mais ce n'est point assez : d'indiscrètes rumeurs
Parlent d'un coup-d'état, en nommant les fauteurs.

Un prologue est tout prêt, et de ce nouveau drame
En moment opportun paraîtra le programme.
Les éternels acteurs de la paix à tout prix,
Les scribes des *Débats* préparent les esprits,
En disant que nos lois, frein de la monarchie,
Sans produire aucun bien, fomentent l'anarchie,
Et que la liberté, sans crédit au château,
N'est plus entre nos mains qu'un dangereux flambeau.
Eh bien ! bons courtisans, marchez à la conquête
De ces rêves si doux qui vous troublent la tête.
Hardis navigateurs, sans craindre les rescifs,
Vers cet Eldorado dirigez vos esquifs,
Et pour toucher plus tôt ce féerique rivage,
De tout pouvoir légal submergez le bagage...
Mais non, pour consommer de si grands attentats,
Il faut des hommes forts, et non pas des castrats...
Si pourtant vous osiez, dans votre folle ivresse,
Fiers de complaire au dieu que votre main caresse,
Nous présenter le joug, et par un choc brutal,
Briser vos propres lois, homicide arsenal,
Alors, malheur à vous ! jamais vent de colère
N'aurait lancé plus haut la vague populaire,
Et jamais ouragan avec plus de fracas
N'aurait dans nos cités semé plus de combats ;
Car de la Grèce encor nous avons des émules,
Et pour trente tyrans dix mille Thrasybules !
Le sort serait pour nous, et, fatigué des cours,
Le Ciel pour nous venger nous garderait trois jours !

LE PROGRÈS.

A M. LAMARTINE.

❈

— 21 Février 1843. —

Lorsque sur l'Océan, embrassant l'étendue,
Comme un vaste manteau la nuit est descendue,
Le nocher, poursuivant son cours silencieux,
Voit d'abord une étoile étinceler dans l'ombre,
Puis une autre briller, puis des flambeaux sans nombre
S'allumer tour à tour à la voûte des cieux.

Ainsi, poète aimé, dans le ciel de la gloire,
D'astres toujours nouveaux s'entoure ton histoire.
Toujours ton cœur s'échauffe à de nouveaux rayons !
Toujours, aigle sublime, ami de la lumière,
Fuyant les horizons de ta route première,
Tu montes radieux vers d'autres régions !

Rien n'arrête ton vol. En vain la poésie
Te verse en souriant sa coupe d'ambroisie,
Et couronne ton front de ses plus belles fleurs,
L'enivrante déesse en ton cœur n'est plus reine.
La sainte Liberté, voilà la souveraine
Dont tu veux désormais défendre les couleurs.

Eh bien ! nous te suivrons sur ce nouveau domaine.
C'est en le comparant à la faiblesse humaine
Que le champ du possible à nos yeux s'amoindrit.
Mais doit-on mesurer l'air et l'espace à l'aigle ?
Laissons-le s'affranchir de la commune règle :
Où vit le passereau, lui s'énerve et périt.

Le génie a des droits que le vulgaire ignore ;
Le succès l'enhardit, son audace l'honore.
Il veut marcher toujours comme l'humanité ;
Comme elle, il veut grandir et s'élever sans cesse ;
Comme elle, il veut mêler aux fruits de sa jeunesse
Les fécondes moissons de sa maturité.

Le progrès ! c'est la loi divine, universelle ;
C'est l'éternel foyer d'où jaillit l'étincelle
Qui ravive sans fin nos terrestres flambeaux.
A ses chaudes lueurs, l'humaine caravane
S'avance sans repos, de savane en savane,
Vers un monde meilleur et des astres plus beaux.

A chacun de ses pas, dans la carrière immense,
Un nouvel horizon sans cesse recommence ;
Sans cesse elle découvre un plus vaste univers ;
Mais sous les plis flottants d'un vague crépuscule,
Cette apparition souvent fuit et recule,
Laissant comme un bandeau sur nos yeux entr'ouverts.

Il tombera, ce voile ! Et les mains enchaînées
De l'homme qui pressent ses hautes destinées,
Rajeuniront le sol de la société.
Dans ce champ tout semé de tombeaux, de ruines,
Les droits et les devoirs confondront leurs racines,
D'où naîtra la justice avec l'égalité.

Poëte, tu l'as dit : Dans notre belle France,
S'élève une jeunesse éprise d'espérance.
Sa foi, c'est le progrès : son but, c'est l'avenir.
Pour elle le présent n'est qu'un vieil édifice,
Qui croule par débris au fond d'un précipice :
Qui veut le transformer, peut seul le soutenir.

Eh ! pourquoi résister au vieux torrent des âges ?
Pour être plus craintifs, vous croyez-vous plus sages,

Navigateurs d'un jour, qui gourmandez les flots ?
Ouvrez un lit plus large au fleuve populaire ;
Une digue toujours irrite sa colère.
Soyez des nautonniers, et non des matelots.

Barde, ton noble cœur que l'avenir tourmente,
A compris qu'en ce siècle où toute ame fermente,
Le péril est pour nous dans l'immobilité.
Attendre est le secret de tout faux politique :
Il attendait aussi, ce pouvoir despotique,
Qui fut par la tempête en trois jours emporté.

Ton bras a relevé le drapeau des idées !
Les générations par elles sont guidées
Vers un but vague encore et cependant certain.
Malheur à qui fait halte en nos chemins de fange !
Ta place était au front de la jeune phalange
Dont les yeux sont fixés sur ton brillant destin.

Courage ! le triomphe est l'œuvre des années !
Quand Dieu veut, à l'instant les vagues mutinées
Dévorent leur rivage, et tout est nivelé.
Courage ! il est des jours où tout se régénère !
Ta voix a retenti comme un coup de tonnerre,
Et chacun dit tout bas : Le prophète a parlé.

LA RÉFORME.

À M. ARAGO.

— 21 Février 1843 —

Arago, noble athlète à l'ardente prunelle,
Au front olympien, au sourcil menaçant,
Puisque tu n'es point las, indomptable en ton zèle,
De soutenir nos droits de ton verbe puissant;

Puisque tous les grands noms que la France vénère,
Puisque les grands talents qu'elle porte en son sein
Contre les froids mépris d'un pouvoir mercenaire
De leur grave éloquence unissent le tocsin;

Puisqu'enfin notre cause est celle du génie,
Oui, l'astre du salut bientôt se lèvera !
Et ce soleil fécond, que la peur calomnie,
Réveillera la France et la rajeunira.

Qu'il brille, il en est temps; qu'il dévore en sa course
Les immondes vapeurs qui pèsent sur nos fronts;
De notre déshonneur qu'il tarisse la source,
Et ces torrents fangeux d'où coulent nos affronts.

Qu'attendez-vous, Français, impassibles ilotes,
Livrés à la merci d'imprudents matelots,
Pour arracher aux mains de perfides pilotes,
Le vaisseau de l'état égaré sur les flots.

Quoi! pendant cinquante ans, ballottés par l'orage,
Vous aurez tour à tour maîtrisé tous les vents,
Pour venir échouer, dans un honteux naufrage,
Vous, les vainqueurs du monde, aux pieds de froids pédants!

Quoi, tous ces vils suppôts d'un servile système,
Auront bravé, raillé tous vos nobles élans!
Et, vous ne crierez pas : anathême! anathême!
Pour les voir, eux si fiers, à genoux et tremblants?

Flotterez-vous sans cesse au vent de leurs doctrines,
Dont le venin corrompt les hommes de nos jours?
Quand il suffit d'un cri sorti de vos poitrines
Pour les renverser tous, — vous tairez vous toujours?

Eh! ne voyez-vous pas le réseau d'esclavage
Dont leur ruse travaille à nous environner?
Encore un peu de temps, et leur courroux sauvage
Comme un lâche troupeau voudra vous gouverner.

Arago, digne appui de la démocratie!
Et vous, grands citoyens, intrépides penseurs,
C'est à vous, qu'en son cœur le pays associe,
D'être dans le danger nos fermes défenseurs.

C'est à vous qu'appartient, vous pléiade éclatante,
La gloire d'élargir notre étroit horizon ;
C'est à vous de combattre et de dresser la tente
Où vous aiguiserez l'arme de la raison.

Oh! la guerre civile est loin de ma pensée!
Une guerre légale est tout ce que je veux.
Ce que les lois ont fait, une loi plus sensée
Peut le détruire un jour en écoutant nos vœux.

La loi! voilà, voilà le glaive respectable
Qui doit tracer la route à la société.
Mais trempons-le, ce glaive, à la source équitable
Doù jaillit toute gloire et toute liberté.

Cette source est le peuple! Abîme intarissable ;
Il renferme en son sein de généreux vengeurs,

Qui seuls peuvent saper l'édifice de sable
A grands frais élevé par nos législateurs.

Debout, Français, debout! que votre voix tonnante
Roule de ville en ville et d'échos en échos!
Ne rougissez-vous pas, vous, nation puissante,
De languir énervés dans un lâche repos?

Peuple initiateur! maudis ton indolence.
Le monde pour te suivre interroge tes pas :
Las de vivre en esclave, il écoute en silence
Si ton foudre endormi ne se réveille pas!

Debout! que le combat en tous lieux recommence.
Debout, et du progrès ravivant le flambeau,
Dressons sur notre sol un phare, un phare immense,
Qui d'une ère nouvelle éclaire le berceau.

LE PEUPLE.

(A un Patriote.)

Quand l'écho de tes vers, hymne de sympathie
Pour le noble drapeau de la démocratie,
Retentit jusqu'à moi, — j'étais seul et rêvant
Aux révolutions de ce siècle mouvant,
A nos malheurs passés, à nos futurs orages,
Au jour enfin qui doit, après tant de naufrages,
Contempler, dans l'ardeur d'un sublime transport,
Le vaisseau populaire arrivant à bon port.

Je me disais pensif : « Quand brillera l'étoile
« Qui d'un obscur présent fera tomber le voile ?
« Quel glaive punira ces idoles de cour
« Qu'on tolère dix ans, qu'on renverse en un jour ?
« Et quelle main, guidant l'humaine caravane,
« De loin lui montrera la riante savane
« Où, sous l'arbre fécond de la fraternité,
« L'égalité fleurit avec la liberté. »
— Et mon ame était triste, et de sombres nuages
Ne me montrant aux cieux que de vagues images,
Je demandais en vain à ma faible raison
L'énigme du grand livre ouvert à l'horizon.

Ta muse, citoyen, image de ton ame,
Vint briller à mes yeux en traits de vive flamme,
Et dissipant soudain les ombres de ma nuit,
Fit renaître en mon cœur le calme qui le fuit.
Qui donc es-tu, poëte, ô toi qui prends ta lyre
Pour flétrir à ton tour un Anglais[1] en délire,
Et qui, d'un saint orgueil protégeant nos guerriers,
Tends la main à qui sait défendre nos lauriers ?
De si nobles élans sont rares dans nos villes,
Ces foyers d'égoïsme et de passions viles :
Ici, les cris du cœur, par le peuple entendus,
Pour les salons dorés sont des accents perdus,
Et pour tous nos dandys, grotesque mascarade,
La vertu n'est qu'un nom, qu'un masque de parade.
Mais toi qui, le cœur pur de tout vil sentiment,
Vis de quatre-vingt-neuf le vaste enfantement ;
Toi qui suivis des yeux, en des jours plus prospères,
La France souriant aux exploits de nos pères,

---

[1] Allusion à M. Carlyle, qui, dans une Revue anglaise, avait voulu ternir la fin héroïque du *Vengeur*.

Et qui dans un hameau, de la foule ignoré,
Entretiens un rayon de l'ancien feu sacré ;
Tu comprends, n'est-ce pas, l'amour de la patrie,
Ce culte des grands cœurs, divine idolâtrie ;
Tu comprends la vertu, la foi dans le progrès,
Le dévoûment au peuple, à tous ses intérêts ;
Et ton ame applaudit à ces hommes d'élite,
Dont la voix chaque jour pour tous nos droits milite,
A ces tribuns sur-tout, aventureux soldats,
Dont la vie est vouée à d'éternels combats,
Et qui, las d'un pouvoir à genoux dans la fange,
Pour des temps plus heureux réservent leur phalange.
Homme sorti du peuple, oh ! chéris-le toujours,
Ce peuple que les sots outragent tous les jours.
« Le peuple, disent-ils, est né pour l'ignorance. »
Eux qui ne sauraient pas faire la différence
D'un aigle au regard fier et d'un oiseau de nuit,
D'un hibou qui comme eux se cache au moindre bruit !
Le peuple ! — C'est un fleuve immense, intarissable,
Qui roule dans son sein de l'or au lieu de sable ;
C'est une grande artère, où tout siècle impuissant
Peut retremper sa force et raviver son sang :
C'est parfois un Etna, dont le brûlant cratère
Se couronne de feux pour éclairer la terre.
De la société parcourez tous les rangs ;
Sous tous les étendards il a des vétérans :
Poètes, orateurs, guerriers ou publicistes,
Les noms de ses enfants sont sur toutes les listes.
Aussi, lorsque marchant dans sa vaste unité,
Il voudra d'un seul mot créer la liberté,
Et qu'un pied dans Paris, l'autre sur le Caucase,
Ce terrible empereur dictera son ukase
Au monde européen à sa voix accouru,
Trônes et royautés, tout aura disparu.

La France alors, versant le lait de sa mamelle
Aux peuples qui voudront la liberté comme elle,
Mère des nations, guide du genre humain,
Ira semant partout l'espoir sur son chemin ;
Et son front, qu'aujourd'hui ternit un souffle immonde,
Sera comme autrefois le grand phare du monde.
Hélas ! que je suis loin, en traçant ce tableau,
Des petites splendeurs qu'on admire au château !
Mais dans ces jours changeants l'espérance est permise,
Heureux si je puis voir notre terre promise,
Dussé-je, en contemplant ce séjour radieux,
Mourir à son aspect comme le chef hébreux !.....
Et maintenant, vieux barde, imite nos ancêtres ;
Tu sais qu'au fond des bois, entourés de leurs prêtres,
Ils consultaient le bruit du vent dans les rameaux,
Les nuages, la foudre et le vol des oiseaux,
Et qu'ils croyaient souvent dans la voix des tempêtes
Entendre l'avenir éclater sur leurs têtes.
Eh bien ! quand l'ouragan gémit dans nos forêts,
Plaintif comme une femme exhalant des regrets,
Et que le cerf, debout près d'un tronc solitaire,
Semble un roi détrôné, sans abri sur la terre ;
Interroge à ton tour d'un regard inspiré
Les mots mystérieux de l'oracle sacré ;
Prête une ame, un langage au deuil de la nature ;
Surprends la vérité dans son vague murmure,
Et si, récompensant tes efforts indiscrets,
Le Ciel te livre un jour ses intimes secrets,
Oh ! pour me révéler ce trop tardif présage,
Qu'un oiseau voyageur m'apporte un prompt message !

www.ingramcontent.com/pod-product-compliance
Lightning Source LLC
Chambersburg PA
CBHW061617180626
46818CB00005B/2113